둥근 모서리

시와소금 시인선 · 131

둥근 모서리

윤경자 시집

시와소금

▌윤경자

- 2013년 《문학저널》 신인상 당선으로 등단.
- 여백문학회 회원.
- 기독문학 문인회 회원.
- 「새와 나무」 동인.

- 전자주소 : ykj5778@hanmail.net

햇살이
나무 아래 그늘로 앉는다
헐거워진 몸이 기울어진다
옮긴 것도 없는 손아귀
둥근 모서리를 내민다
첫걸음이다

숨 한번 크게 쉬어본다

청주에서 늦여름

윤경자

| 차례 |

| 시인의 말 |

제1부 바다를 끌고 온 여자

접시꽃 —— 013

능소화 —— 014

내소사 —— 016

바다를 끌고 온 여자 —— 018

가을 여행 —— 020

새벽달 —— 022

연애 중 —— 024

명암 호수 —— 026

은행나무 집 —— 028

봄 수다 —— 030

조개잡이 —— 032

닉네임 —— 034

엄마 꽃 —— 036

싱싱한 아침 —— 038

어떤 합리화 —— 040

제2부 침묵의 입

봄비 · 1 —— 045

봄비 · 2 —— 046

가을 —— 047

안면도 가을 —— 048

크로키 —— 050

침묵의 입 —— 052

나비 —— 054

병상 일기 · 1 —— 056

병상 일기 · 2 —— 058

시 —— 060

하얀 달빛 —— 062

그랬다지 —— 064

매운 독毒 —— 066

서성거리는 계절 —— 068

이유 —— 070

제3부 미용실 여자

낙우송 —— 075

입춘 —— 076

2월 28일 —— 078

민들레 —— 080

어버이날 —— 082

외딴집 —— 084

시월 —— 086

첫눈 —— 088

커튼 —— 090

미용실 여자 —— 092

이백 미터 —— 094

겨울 가뭄 —— 096

퍼즐 —— 098

벚꽃 · 1 —— 100

벚꽃 · 2 —— 102

제4부 골목 안부

조문 —— 105

아직도 먼 봄 —— 106

꽃들의 말 —— 108

골목 안부 —— 110

아카시아 —— 112

장마 —— 114

바다 맛 —— 116

집들이 —— 118

9월 —— 120

전쟁 —— 121

낮달 —— 122

하루 —— 124

푸른 숨 —— 126

그냥 있을게요 —— 128

가을 우체부 —— 129

작품해설 | 박해림

햇살과 그늘과 푸른 숨의 말 —— 133

제 **1** 부

바다를 끌고
온 여자

접시꽃

반찬 투정 심한 남편과 사는
옆집 아낙과 엘리베이터 안에서 만났다

매일 어디를 나가세요?
남편이 반찬 투정이 심해서 배우러 가요
남편 분 참 좋아 하시겠네
요리 학원이 아니고……
그럼 어디?
유도 배우러!

아파트 담장 옆
빈 접시들
우루루 피었다

능소화

당신은 어김없이 왔다

한순간도 아니라고
말한 적 없는데
겨울이 깊어지면
여름이 오리라는
정해진 시간 끌어 당겼다

내 몫이 아니었다고
당신이 헤아릴 고열의 다툼
더욱 어두워지는 깊이
불어주는 바람 속에
매달리지 못한 그림자 비켜 서 있다

저 투명한 아픔 올려다본다

어디선가 날아온
새의 날갯짓

울음도 주홍빛이다

내소사

내소사의 붉은 단풍잎 하나가
온 산자락을 끌어안고 꼬드겼다

반쯤 넘어간 들뜬 가슴이
하얀 출발선에 덧칠을 하던 날
빨리 가자고 등을 떠미는 바람
허수아비 귓불에 자랑질이 들랑거리고
드넓은 들판 누런 시샘으로 속을 끓인다

마음은 벌써 저 너머로 달려
산새들의 악보를 슬쩍 넘겨다보며
음 낮이 가벼운 콧노래가 흥거웠는데
덜컹 몸살이 났다
술렁거리며 쏟아지는 잎새 잎새들
착하게 버텨주던 내 몸이
'여행 못 가요'

푹 눌러 쓴 이불 속에서

여기쯤일까
저기쯤일까
뒤돌아서지 못한 반쪽 가슴이
먼 먼 내소사의
붉은 점만 더듬고 있다

바다를 끌고 온 여자

저 먼 곳의 비린내를 몰고 와
시장 골목에 풀어 놓는 여자
오늘도 멸치 한 됫박에
오천 원
작은 됫박 새우도
오천 원이라고 크게 외친다

그녀가 퍼주는 멸치
손이 저울이다
됫박이 눈금이다
덤으로 더 얹어 주겠다는
멸치 서너 마리
후덕한 손에서 잡혔다 풀려난다
싱거웠던 골목이 간간해지는 순간이다
새우등 더 바짝 굽어지는 순간이다
이리저리 떠밀리는 발길들
순간의 결정이 비린내로 채워지고

여기저기 셔터가 내려진다
골목마다 풀었던 바다 냄새
썰물처럼 빠져나간다
온종일 외쳤던 여자의 몸도
간간하게 절여져 있다

가을 여행

천리포 수목원에서
가을 벚꽃이 따라 왔습니다
고목에 핀 연분홍 꽃송이
해풍에 젖은 미소가 살풋합니다
새소리도 따라 왔습니다

찌개를 끓입니다
두부가 들어간 찌개에서
싱겁다 짜다
새소리가 부산합니다
벚꽃이 슬쩍
입맛 다신 물김치
연분홍색 국물입니다

오랜만에 밥 한 공기 비우고
출근하는 남편 등 뒤에
벚꽃을 슬쩍 붙여 보냅니다
피곤치 않은 하루가

연분홍으로 시작됩니다
바삐 뛰어나가는 딸 머리 위에도
한 송이 꽂아주었습니다
인물이 환한 것이 벚꽃 닮았습니다

집안에 들어찬 가을볕이
벚꽃과 도란거립니다
우리 여행 갈까요?
흙먼지 묻은 신발 한 켤레 입꼬리 추켜올립니다

새벽달

질펀하게 취했던 밤
사내의 발목을 부여잡는다
쓱쓱 싹싹
여기저기 흩어진 오물쯤이야
차오르는 새벽이 어둠을 들춘다

빗자루가 앞장 선 사내의 영역
먼지 이는 발밑에 이른 밥상 차린다
어제 물린 국그릇에 김이 오르고
철없는 아이들이 둘러앉는다
밤새 끙끙 앓던 아내도 수저를 든다
허공에 뜬 몇 번의 수저질에
안도의 눈시울이 뜨거워지고
마른 침만 삼키며 당기지 못하는 밥상
몇 차례 지나치는 자동차 소리에
들키고 싶지 않은 입맛은 숨어
몰래 차린 밥상도 자꾸만 멀어져가고
채우지 못한 허기로

선뜻 길을 내주는 새벽
저만큼 돌아선 모퉁이에서
빈 그릇만 덜거덕덜거덕

쓱쓱 싹싹
사내의 좁은 어깨너머로
헐거워지는 새벽
눈 풀린 달이 슬쩍 돌아눕고 있다

연애 중

그와
세 번째 만남이다
네 번째 만남이어야 하는데
조껍데기 술이
가로막고 수작을 부려 바람을 맞혔다

미안함에 눈치 보며
툭, 건드려 봤다
그는
묵직하게 대면했다

그와 나 부드럽게
한 몸이 돼야 하는데
어색한 마음
경직된 몸
그를 다루지 못했다

그는 여전히 침묵이다

에라이
어차피 만났으니……
마구 두들겨 팼다

엉뚱하게
이곳저곳 맞는 그의 비명
황당하게
등줄기에 땀 나는 나

덩덩 꿍 다꿍 덩덩 꿍 다꿍
열기 가득한 장구교실

명암 호수

무거운 짐 벗어 놓고
천천히 걷다 보면
멀리 있던 추억들이
올망졸망 따라오네
같이 가자 같이 가자
그리움 솎아내며
옷자락 따라붙네

그곳에 가면
잎 돋지 않는
입들이 무성하네
흔들리는 눈동자
꽃그늘에 뉘어 놓고
온갖 새들 불러들여
새 생명 품게 하네
푸르른 날개 퍼덕이게 하네

기우뚱거리는 육신

쓰라린 마음
어루만져 주는 바람 있네
일으켜 세우는 숲이 있네
먼 곳을 오래 보던
키 작은 그림자도 거기에 있네

그곳에 가면

은행나무 집

아직도 거기 있었네
아버지가 심으신 은행나무

햇살 쉬엄쉬엄 쉬었다 가고
달빛도 걸쳐 앉아 졸다간 날들이 거기 있었네

몸도 마음도 떠났던
기억 저편의 고향집

가을이 오는 노란 계절마다
허한 마음 채울 길 없고
어쩌다 달빛 편에 당신을 뵙는

지붕 끝을 훌쩍 넘은 저 아름드리
꿋꿋한 버팀목으로
내 아버지 같은
뿌리도 깊숙한 은행나무집

다시 볼 마음만 가지 끝에 걸쳐 놓고
미동도 않는 배웅을 받네

봄 수다

봄 같은 겨울 햇살
여인들을 꼬드겼네

둘러맨 가방 내려놓고
막힌 하수구
손녀 봐야 될 일도
산산이 부셔 놓고
시침 떼는 저 햇살
나쁜 할미가 되라 하네
하수도 냄새도 참으라 하네

저 못된 충동질에
사는 게 별거냐고
인생 뭐 있냐며
딸기 한입 베어 물며
익지도 않은 막걸리를 찾았네
하하 호호 깔깔깔
가난한 주름이 펴지네

도수 없는 취기로
그냥저냥 살자고 했네

성급히 와 있던
봄 햇살
그녀들 수다에 밑줄을 긋네

조개잡이

호미 끝 깊숙이
파헤쳐지는 갯벌입니다

화들짝 놀란 조개
밀어냈던 혓바닥 재빨리 숨깁니다
제 몸 빌려 뱉어낸 거친 말들
꾹 다문 둥근 모서리로 순합니다

수없이 파헤쳐진 자국
손아귀에 들어찬 수확이 후덕합니다
멀찍이 물러선 썰물 덕분에
탈출구 없는 넓은 갯벌
빈 발자국만 분주합니다

수평선에 머물렀던 밀물
멀리 떠났던 배들
갈매기 울음 빌려 서서히 들어차면
여기저기 즐비한 자국들

다 전하지 못한 기록만 남긴 채 돌아섭니다

비린내를 가득 싣고 와
온 동네 이곳저곳 풀어 놉니다
헐거웠던 내 몸도
짭짤하게 절여지는 저녁입니다
뒤따라 온 파도는
조개 입속에서 딱딱 벌어집니다

닉네임

누구는 비싸게 사들인 화초로 보고
누구는 널브러진 산나물로 먹는다는데

억센 몸짓 만들어 버텨나보고
쓴 독 품어 외면이나 당할 것이지

나물이라면 환장하는 몸
입안에 고인 침이 써 넘기지도 못하고

꽃술 없어 벌 나비 부르지도 못하는
가녀린 뿌리로 종족 번식 제대로 하려는지
이제 막 피어난 꽃의 웃음
입 열지 않는 그림자로 흔들리는데

첫눈에 반한 짧은 순간
나의 닉네임을 앵초로 정한 날
앵초님
앵초님

꽃잎보다 더 고운 연분홍이

닿을 수 없는 세계를 색칠하고 있다

엄마 꽃

흔한
화초 하나 없는 시골집
올해도 호박꽃은 피었습니다

호박꽃으로 두른 담장
옆집 능소화도 비켜 갑니다

꽃도 보고
잎도 먹고
열매도 먹고
이보다 예쁜 꽃이 없다는 엄마

푸른 잎 뒤에 숨은 애호박 한 덩이
자식 위해 깊숙이 감춰 둡니다

까실한 호박잎 꺾어
된장 끓여 먹자 건네는
무쇠 같은 엄마 손

몸통 들어 낸 호박과 늙어 갑니다

갓 꽃 떨어진 애호박 하나
누런 가을 향해
푸른 실핏줄이 툭툭 불거집니다

싱싱한 아침

말갛게 우린 차 한 잔
아침을 깨운다

집안 가득 숲이 들어찬다
온갖 새들의 재잘거림
김을 따라 고물고물 기어오르고

아홉 번을 찌고 말렸을 손끝의 그림자
모서리 없는 둥근 잔을 내민다
곧 사라질 따뜻한 체온
서두르지 않고 스멀스멀 뒷걸음친다

아직도 깊숙이 가라앉았다 떠오르는
산골 맑은 이슬
침범할 수 없는 비밀로 방울방울
헝클어진 일상을 다독인다

코끝을 휘감았다 놓아주는

산비탈 바람
오래된 그리움 하나 내 옆에 앉힌다

어떤 합리화

알밤을 깨물다
애먼 꿈이 부서지는 것을 보았다

방 한 칸 지어 놓고
천년만년 살 가시 속 왕궁

갑자기 내동댕이쳐진
부신 세상에
쿵쿵 뛰는 숨소리로
숨고 숨는 애벌레
갈잎 사이로 바스락 소리
화급히 빠져나간다

네 잘못일까
내 잘못일까
따져 묻기도 전에
반쪽 난 밤톨 조각에
선명히 드러난 이빨 자국

움찔, 가시 곤추세운 밤송이가
발끝에 차이는 순간
세상 어디에도 없을 죄 하나
커다란 밤나무 그늘 아래 숨겼다

한나절을 지켜본 가을볕
되묻지도 않고 등을 보이는
먼 숲을 이고 일어서고 있다

제 **2** 부

침묵의 입

봄비 · 1

메마른 혈관에
링거를 꽂았네

툭툭 불거진 혈관 따라
푸른 피 돌고 도네

관절 마디가 벌어지네
무릎뼈가 주욱 펴지네

땅끝까지 퍼진 피
산 것들 눈앞이 환해지네

언 땅에 고여 있는
저 용기 있는 봄소식

봄비 · 2

그대 오던 날
애를 가졌네

햇살 좋은 날
몸 풀 것이네

생명의 소리
온 땅 가득 하겠네

가을

누가 불장난했나

불구경 왔다가
가슴 데이고 있네

무슨 약을 써야 하나
탄성만 질러 대는데

온몸 그을린 청설모
쏜살같이 도망치는데

조 녀석을 신고해 말어

안면도 가을

갈매기 하얀 시침을 뜨고
여름날 읽히지 못한 발자국 마침표를 찍는다

여기저기 꾹꾹 눌러 담는 젓갈들
숨 고를 새 없이 눈총으로 할딱이고
어깨 기대지 못한 고깃배들만
바닷바람에 실려 갔다 실려 오는 곳

횟집에 주저앉은 술잔들이
부딪치고 흘러넘쳐서
탁, 탁, 익어가는 왕새우 등껍질만큼
얼굴도 벌겋게 달아올랐지

갯벌 향해 발버둥치는 꽃게 핑계삼아
목청 돋운 상점주인들
불러 세운 발목만 출렁대는 부둣가
비릿한 내음만 흠뻑 맡고 돌아오는 길
바다가 출렁출렁 따라오고 있었다

등 떠밀린 바람의 속도로 가속 페달을 밟고
물에서 자란 이름들
붉은 노을에 비늘을 털어
짭조름한 밥상을 차린다
참지 못한 저녁별이 숟가락 물고 나오고

크로키

그녀가 왔다
느닷없이 온 그녀를
꼭 다문 입으로 맞아드린다

제 몸의 중심을
숨은 그늘에 기대 놓고
눈길도 주지 않는 그녀
그저 어딘가에 있을 심장에
뜨건 숨 몰아주는 사내
아주 잠깐 동안 생애 뒤편이
데워진 건 아닐까
그녀가 까치발로 내려선다

아직도 기웃대는 햇살 한 줌
자꾸만 붉어지는 얼굴로
마른 눈을 비벼대고
여기가 좋을까
저기가 좋을까

그녀가 머물 방 한 칸을 찾느라
허공에 등 하나를 밝혀 놓는다

슬그머니 무릎을 세우는 바람
질끈 묶였던 머리가 느슨해진다

침묵의 입

대낮에 도둑이 들었다는
아파트보다 더 큰 불안감

빛과 어둠의 경계에서
키를 돌릴 때마다
검은 그림자 후다닥 일어서
묵직한 현관문에 헛발질이다
쿵쿵 뛰던 심장은 빛을 향한 허공을 더듬고
촉수 세운 팽팽한 눈으로
신발의 중심을 조심스레 뉘어 놓고
불안과 안도의 시선을 들어 올리던 나날들

결국 자동키 달아
아무도 모르는 주문으로 빗장을 걸었는데
자동키가 더 위험하다는
가슴을 또 두들기는 말
불안의 용량은 한계를 넘고 넘어
입술로도 허용 못한 무게가 매달리고

안과 밖의 경계에
부재를 입력하는
삐리릭 삐리릭
떠도는 말들을 꽉 문 채
음률의 깊이는 더 깊게 세워지고

나비

립그로스를 선물 받았다
건네주는 손이 핑크빛이다

이리저리 참 많이 진 신세
훈훈한 바람 한 점 느린 속도로 지나간다
메말랐던 가슴에
물기가 촉촉이 오른다
윤기도 자르르 흘러준다
만남의 인연을
수백 근의 무게로 지불하는 순간
균열된 빗금 사이로 팽창된 시간이 건너가고
질끈 묶인 리본 장식 살짝 기울다 일어선다

햇살이 살포시 머문 입술
꽃이 피었다
핑크빛이다
귀 기울이지 않았던 심장박동
작아지는 그림자의 제동을 푼다

어제의 깜깜한 하늘에
커다란 나비 한 마리
훨훨 날고 있다
어둠을 견뎌낸 날갯짓 마침표가 선명하다

병상 일기 · 1

침대 밑에 신발 한 켤레
재 너머 고향길 더듬는다

오르락내리락하는 혈압
또다시 병실 안이 분주해
이리저리 차이는 어머님 신발
바람 앞서 온 안부에 귀를 세운다

'신발 신고 얼른 집으로 가셔야지요'
신발에 쌓인 먼지 침대 모퉁이로
재빨리 끼어드는데
절레절레 흔드는 고갯짓
흐릿한 밖의 세상에 중심을 잃는다

침묵의 무게로 딱딱하게 굳어지는 표정
허공에 감춘 말로 입술만 깨무는데
얼른 아버님이 모셔갔으면 좋겠다는
누군가의 무심한 중얼거림

화들짝 놀라 헛기침에
바람으로 서 있던 안부가
후다닥 일어서고
달아나는 배롱나무 꽃잎
붉은 맨발이다

병상 일기 · 2

최선을 다했노라고
의술은 물러서는데

살고 싶다는 집착은
작은 호흡으로 서성거려
청진기 신호음도 살아진 현대의학
알 수 없는 부호와
떨어지는 숫자만 껌벅껌벅
내일 솟을 태양 예측 못한 채
가물거리는 가로등은 제 그림자만 키워

점점 흐려지는
허연 달빛으로 누워 계신
당신
봄날에 분주하게 삐걱이던 파란 대문
여름 내내 문고리 풀지 못했는데
바짝 타들어 가는 입술로
고향집 문턱을 넘나드실 터

언덕배기 망초 꽃 하얗게 흐드러지다
저문 길 헤집는 보폭에 맞춰
자꾸만 그쪽으로
기울어지고 기울어지는

시

너를 꽃이라 칭하던 날부터
눈멀고 귀먹어
수많은 꽃들 눈에 차지 않았네

온통 머릿속엔
싱그럽게 꽃 피울 너만 생각하고
벌 나비 불러올 향기만 찾아 헤맸지

지친 발걸음
돌부리에 걸려 넘어지기도 수십 번
여물지 않은 열매 들여다보며

노란 꽃 붉은 꽃
무지개색 꽃 찾아
너무 먼 거리를 눈 밑 그늘로 훑어만 놓았네

온갖 사념 끌어모아
질 좋은 토양 듬뿍 뿌려

활짝 필 꽃

잎 돋지 않은 가지에 앉아
사색의 꽃밭을
백지 위에 일구고 있네

하얀 달빛

없는 것이 더 많던 시절
한날로 생일을 맞은 두 딸

비린 것을 좋아하는 맏딸인 나는
새우젓 한 점에도 숟가락질이 빨라지고
고기를 좋아하는 내 동생은
쫄깃한 고기 맛에 작은 입이 야물어지고
엄마는 한참 동안
부엌을 서성거리셨다

석쇠에서 꽁치가 지글지글
돼지고기도 벌겋게 보글보글
한참 늦은 저녁으로
달빛도 둘러앉은 밥상
미역국에 시샘이 후루룩 풀어지고
비린내 지나간 길에 눈총만 남았다

포만감으로 씩씩대던 그 밤

당신의 머릿속에
몇 번씩 헤아려보던 지출
하얗게 내려앉은 달빛도
조각조각 부서지고 있었다

그랬다지

눈여겨보는 이 없어
여름 한 자락 부여잡고
꽃 활짝 피웠다지

쭉쭉 빵빵 관심 없이
제 그림자 움켜잡고
몸매를 가꿨다지

울긋불긋 유혹해도
햇볕 아래 묵묵히
누런색만 입었다지

외로움 서러움 묻어놓고
질펀하게 퍼질러 앉아
씨앗 가득 품었다지

말라가는 몸뚱이
더 달콤해지도록

저 태양을 깊게 끌어안았다지

호박은

매운 독毒

어린 고추모들
봄 햇살 잔뜩 품었다
실하지 못한 서너 줄기
스치는 바람 한 줌 움켰을까
흙냄새 쫓아 흔들흔들

이것이 좋을까
저것이 좋을까
들었다 놓는 두꺼비 같은 손
모종 컵이 불안불안
굽힌 그림자 세워
작은 파문으로 비틀대고
잔뜩 힘 실린 이파리
매운 독 품어 틈새를 챙긴다

여기저기 눈 돌린
시장 한복판이 매콤하다
햇살 환한 봄날도 매콤하다

아득히 멀고도 먼

가녀린 뿌리로부터

붉은 고추가 벌써 매달려 있다

서성거리는 계절

7년 만이다

언젠가 올 것만 같은 길을
꽃집에 세워
봄으로 와 선 듯

어떻게 살았는지
작은 물음표로 찍힌
되묻지 못한 질문들
그녀의 굽은 등에
햇살은 저만큼 비켜서
그림자 짙게 꽂아 놓고

화사한 꽃잎 사이
외면한 시간과 시간 사이
어디서 살았는지
무얼 잊고 살았는지
허물어진 담장 앞

아직도
서성거리는 시간만

이유

봉투 속
씨앗 몇 알
포장된 어둠 속에서
기척을 낸다
다 이유가 있다고

보드라운 흙의 살결에
무릎을 맞대 놓고
진종일 파란 하늘과 마주하며

아무 일 없는 좋은 날
한 살림 푸짐하게 차려 놓고

더 이상 뜨겁지 않은 자리에 퍼질러 앉아

푸른 쌈
붉은 쌈으로
그대 양볼 부풀려

웃어가며 눈 흘기는
저녁상 그립다고

버석버석
발톱 세워 어둠을 긁고 있다

제 3 부

미용실 여자

낙우송

땅 위로 내민 발가락
언제 닦으려나
덕지덕지 낀 때

내 발가락 보다
더 못생긴 발가락
분홍 메뉴큐어를 발라 줄까
하얀 양말을 신겨 줄까

연못의
수선화는 새초롬한 미소를 띠고
낙우송 갈잎은 동동거리고

오늘도 뼈마디 세워
땅속 긁어대는 뿌리

입춘

앞이 안 보이는 그녀가
화초를 주었다
꼭 다문 입이 그늘을 물고
예쁜 꽃이 핀다는
흔들리는 말
건네받는 손끝이 재빨리 말을 줍는다
무슨 색 꽃이 피나요
내뱉지 못한 웅얼거림은
무성한 푸른 잎만 흔들어 놓고

쫓아오는 계절을
앞서 보내고
캄캄한 생각으로
뒤뚱거리던 제라늄
잘 컸다고
예쁜 꽃이 폈다고
키를 세운 향기는 기어오르고

꽃 보러 오세요
전하지 못한 소식이
소나무 가지에 걸쳐져
진분홍 꽃송이로 환한
겨울 한낮

2월 28일

몸 맞대고 마음 맞대
버스럭거리는 방안

허공으로 달아나는 물기 부여잡고
잠 못 이루던 신음 몇 번이나 다녀갔을까
물컹, 바람 든 몸
까맣게 속 타들어 간 몸
천천히 무너져 온 기억 끝으로
알싸한 상처를 선뜻 내민다

겨우내 걸쳤던 옷가지 벗어 내주며
그동안 혼자는 아니었다고
수북한 허물들은 부스럭부스럭
다시 볼 봄날도 없을 거라고
한 철 보듬던 흙의 수고도 잊어버리고
서둘러 푸른 눈매를 키운 반항

더 이상 무슨 이득이 있겠나

짱짱한 몸 한 줌 움켜

무생채나 버무리자고 일어서는데

한 호흡 한 호흡

얄팍한 숨 몰아가던

2월 햇살

징한 냄새 풍기며 먼저 일어선다

민들레

길모퉁이 퍼질러 앉아
반 평의 햇살이 보듬어 주는
귀한 약초로

봄 향기 잔뜩 묻힌
나비 한 마리 불러들이는
들꽃으로

출신 따라
출생 따라
신분 격차 달라
밟히고 으깨어져도

양달 이 끝 저 끝
잘도 차지하는

질긴 목마름 하나로
종족 번식 임무는

내가 맡으리

사방팔방으로

어버이날

5월 8일
드디어 오늘
카네이션 꽃바구니는 어제 왔다
케이크도 따라왔다

향도 없는 꽃바구니
허공으로 방향 틀다
그도 저도 아닌 듯 실눈 내리깔고

모서리 둥근 케이크
상자 속에서 숨 고르다
이도 저도 아닌 듯 진열장 접시 찾고

아무 일 없는
5월 8일이 먼저 가고
아무 생각 없는
꽃바구니가 사라지고
아무 표정 없던

케이크도 따라 녹고

아무렇지도 않은
어버이날이 갔다

외딴집

동네 끝자락 파란 대문 집
마루 끝에 온종일 뉘었다가는
저 햇살의 넉살
넘나드는 바람의 행선지 묻는다
한쪽 벽 비딱이 선 빗자루
뼈대 없는 그림자 세워 비질을 하고

오래 앓던 담벼락은 기울어져
거친 손길로 듬성듬성 꽂았던 개나리
푸른 잎 무장무장 피워
건너다보는 눈길에 손사래 친다

벌 나비 들며 날며
입방아를 찧고
온갖 산새의 수다로
갈라지는 시간들
출가한 자식들
같이 살자 애원하지만

이 집 떠나 못산다는 단호한 말씀
외딴집 반짝 들어 옮겨 놓고파

수줍어 말 못한 채
저 홀로 피고 지는 저 들꽃들
견디지 못하는 그리움 제 몸에 숨겨
텃밭에 쭈그리고 앉아
핸드폰만 만지작만지작

오후가 길어지는 외딴집에
외로움의 키는 한 자로 높아지고

시월

시월이 오면
기억 저편의 귤 몇 개 비틀거리며 온다

먹을 것 흔치 않던 시절
집에서 기르던 토끼 잡아드시고
배탈 나신 아버지
그때부터 시름시름 앓던 무렵

직장 퇴근길에 들른 구멍가게
소복이 쌓인 햇귤 위에
편찮으신 아버지 얼굴 박혀 있고
무심결에 귤 한 덩이
들었다 다시 놓는 손끝은 시큼시큼 절여 오고
더 이상 망설임 없이
출근길에 신어야 할 스타킹만 집어 들었다

차창 밖 귤 한 봉지
절룩거리며 자꾸만 따라붙고

잠깐 눈 돌린 일상 속에서
며칠 후 운명하신 아버지
빈 허공으로 퍼지는 흐느낌
넘길 수 없는 쓴맛을 수없이 들쳐 내고
그때 사드리지 못한 귤 한 봉지
가슴 한복판에 산더미처럼 쌓여

당신에게 바치는 제물처럼
빈 하늘에 귤 한 접시 늘 떠다니는데
올해도 샛노란 향기는
시월의 문턱을 상큼하게 넘어오고

첫눈

아파트 주차장
두 평 남짓 차지한 자리
사내의 자그마한 체구가
15층 아래에서 키를 맞춘다

단돈 오천 원에
뻥 소리
고소한 냄새
저 높이 피워 올리며
걸리지 않은 입간판 아낙네 발길 잡는다
길 건너 마트로 가는 아이들에겐
달달함이 필요해
튀밥 솥 누런 강냉이에
사카린 한 숟가락으로 꼬드기고

온종일 퍼 올리던
고소한 냄새
발밑에 풀어지면

오랫동안 지켜본 하늘에서
잘 튀겨진 튀밥처럼
펑펑 날리는 눈송이
사내의 좁은 어깨 위로 쌓여
깊어진 허기가 보폭을 넓힌다

커튼

그 집에 가면 늘 닫혀 있었다

남편과 사별로 마음 닫고
빛도 없는 그늘이 창문 닫아
아무것도 할 수 없는 세상이
생각도 없는 그림자 속에 있었다

어디로 가야 할지
무엇을 해야 할지
멀리 있던 고난도
놓친 시간의 후회도
어둠의 공간에서 그녀를 가뒀다

낮은 낮대로
밤은 밤대로
까맣게 흐르던 어느 날

세상 고통이

어찌 나 혼자뿐이랴
살아보자
살아보자

마음을 열었다
커튼을 걷었다
세상이 보였다

햇살이 바람을 끌고 들어온다
삼 년 만이다

미용실 여자

오전 9시
서너 평의 가게 문이 열렸다
그녀는 오늘도 서두르지 않는다
오래된 가위 하나로
종일 잘려나갈 시간들

삼 남매의 대학 등록금
밀린 월세
드라이어로 세차게 날린다
손 마를 새 없이 파마를 말아준다
틈틈이 염색하며 머리도 감긴다
무얼 잊고 살았는지도 모를
때 놓친 점심은 멀어지고
아무도 재촉하지 않는 시간에
모발 영양제 듬뿍 찍어 바른다
'언니 우리 남편, 승진했어'
푸석거리는 마음을 천천히 중화시켜 놓고

잘려나간 시간들 수북이 쌓여
자꾸 안을 들여다보는 어둠
오후 9시 30분
그녀의 더딘 시간이
아직도 간판에 걸쳐 있다

이백 미터

햇살이 한가득이다
할아버지 점심 드시러 오시래요
오도카니 앉았던 노인이
끌어안고 있던 햇살을 풀어놓으며 일어선다
반짝! 한동안 눌렸던 보도블록 두 칸,
빛을 받는 순간 사각으로 반듯하다
콕, 콕, 콕
한발 앞서는 지팡이 소리
멀어지지 않을 보폭과 보폭 사이
높낮이도 없는 음표가 노인을 이끈다

저기 저 영감한테 얼른 집에 가라는 말만 해 달라던
노파의 굽은 등에도 햇살 한 줌이 헐거운 오후로 건너가고
영감은 치매가 있고 나는 다리가 아프다는 노파
틀니도 없는 잇몸이 하소연을 뱉어냈다
아주 잠깐 동안 기우뚱거렸던 갈등들
바람도 없는 허공에 그늘을 앉힌다

느릿느릿 할아버지가 걸음을 옮긴다
두어 시간이나 지켜보았다는 저 노파
복잡한 마음 쓸어내린 눈가의 그늘로
아직도 휘청거리는 저 먼 길에 초점을 맞춘다
따끈한 밥 한술에 마른침을 먼저 삼키는 짧은 그림자
할아버지의 헛기침에 납작한 어깨가 출렁거린다
골목길 풀어진 햇살은 한 뼘의 거리로 폴짝거리고

겨울 가뭄

밥을 물에 말았다

수화기 너머
자식 소용없다는 되울림치던 말
밤새 토할 수 없는 후회를
한숨으로 맞받아 놓고
꿀꺽 넘기는 밥 한술

외로워서 그러시겠지
퉁퉁 불은 밥알은
단단했던 시간을 투명하게 풀어놓고
허공에 맡겼던 한나절이
빈 숟가락에 얹혀
바짝 당기지 못한 밥그릇에
그늘이 짙다

늘 건성으로 보던
엄마의 물 말은 밥을 내가 먹으며

퉁퉁 불어만 가는 하루를 허둥거리며
메마른 허기는 채우셨는지
묻지도 못한 오늘의 안부
밥상머리에 걸친
햇살 한 조각 베어 물고
오지도 않는 눈송이를
빨갛게 색칠하고 있다

퍼즐

불현듯 받은 전화 한 통
이른 아침을 흔들어 놉니다
당신이 머물렀던 병원 쪽엔
햇살도 비켜 서 있습니다
베란다 한구석
당신이 사준 제라늄이
7월의 햇살을 꽉 물고 있습니다

서둘러 오늘의 일정을 조각조각 흩어놓고
당신한테 갈 큰 조각 하나
젤 윗줄에 끼웠습니다
이리저리 맞춰가는 조각 위에
당신의 모습이 기웃거립니다
들었다 놓는 손끝이 허둥댑니다
뒤로 밀려진 조각들 맨발로 달려듭니다
물었던 햇살 재빨리 풀어 놓고
제라늄이 긴 그림자로 기다립니다
거실까지 들어찬 햇살도 틈새를 엿봅니다

당신이 놓친 조각들 길을 세웁니다

벚꽃 · 1

당신께 못한
긴 말씀으로 피었습니다
감추어 두었던
밀어가 향기로 일어섭니다
목 짧은 햇살도
흠흠 대는 오후입니다

왜 그렇게 급히 가셨는지요
묻지도 못한 말은
가지 끝에 걸겠습니다
꽃 좋아하던 당신
하릴없이 꽃송이 헤아리겠지요

"나 어떡해 의사가 암이래"
작은 생채기 하나
굵게 그어지는 계절이었습니다
물음표를 잡고 있는
오래전 흉터가

꽃잎의 맨살을 건드립니다

잔바람이 서둘러
말들을 솎아냅니다
다 끝내지 못한
싱싱한 말들이
마침표를 쥐었다 놉니다

벚꽃 · 2

펑
펑
펑
펑튀기 할아범
수억 벌겠다

제 **4** 부

골목 안부

조문

꽃 좋아하던
당신,
피었다 지는 일 없을
저 세상 꽃 찾으셨나요

국화꽃 속에 묻힌
당신도
이 세상 꽃이었습니다

아직도 먼 봄

노파 홀로 기도 중이다
고인 슬픔이 줄어드는 중일까
기울어진 어깨가
허름한 소매끝을 들춘다

세상 살기 왜 이리 어렵냐는
묵묵히 있던 침묵이 깨어나고
자식들도 다 소용없다는
또 다른 푸념
아직도 머물고 있는 겨울로 이끈다

얼마 전
하수도가 얼어 세탁물을 받아 버리며
묵직한 바위 같은 나날을 들어 올리던 노파
간신히 온기만 끌어들이는 기름 아낀 보일러
당신의 체온 헐어 겨우 성이 지켜지고

햇살도 비켜가는 저 들판

그렁그렁 피어날 봄꽃은 어딘가 숨어 있을 터
그 날의 시간에 면죄부 씌워 피어날까
시린 밑그림이 붉어지는데

고추 꼭지 따가며 지탱하는 삶
매운내 풍길까 조심스레 뒤돌아가는
굽은 등에 얹힌 짐
꽃향기 날릴 봄날을 기다려보자 하는데
눈은 또 날리고
입안이 맵다

꽃들의 말

해바라기 긴 목으로 바라봅니다
일편단심 그 사랑
해님이 보듬어 줍니다

달맞이꽃
화사하게 님 마중 갑니다
이 밤에 제일 예쁜 꽃이라고
달님이 속삭여 줍니다

내 사랑이 최고라고
해바라기 자랑해도
잠자는 달맞이꽃
듣지 못하고

내 님이 최고라고
달맞이꽃 자랑해도
해바라기 잠들어
알지 못하고

귀 닫고
눈 감긴
사랑의 흔적만
밤낮으로 여물어 갑니다

골목 안부

아직도 컴컴한 골목길
졸음을 쫓는 가로등 빛이 핼쑥하다

그 노파는 오늘도 나타나지 않았다
아니 왜?
관심도 아닌 의문 하나 골목길에 밟힌다
노파의 인기척으로 꽉 차던 골목
눈 쌓인 골목길에 선심 쓰듯 찍힌 발자국
갈 곳 없는 바람만 길 위에 쏟아져
늘 경계를 멈추지 않던
붉은 담벼락 집 사나운 개 목울대 새우지 않는다

아무도 궁금타 입 열지 않는 구부러진 길목
서로서로 다른 길 내지 않고
껴안고 있지는 않았을까
만삭의 몸을 푼 종이박스 몇 개 널브러져 있어

이 길 지나 더 쓸쓸해질 것도 아닌 길 끝에서

빈 수레 내던진 편안한 삶
오늘은 불현듯 안부가 궁금하여
밝아 오는 새날처럼
환하게 사시라고
가로등이 제 불빛 거둬들인다

아카시아

소나무 우거진 산동네
곁살이로 사는 것도 축복입니다
내 안의 이는 바람으로 위안을 삼고
하루하루 버텨가는 묵언의 이 삶이 수행일까요
내 안의 품은 독이 가시로 세워졌나요

내 몸에서 갈라져 나온 질문들을 삭히는 동안
점점 순해지는 이 마음
꽃망울 하얗게 터졌습니다
견디지 못할 것 같았던 내 안의 아픔
향기로 온 동네 휘감아 버렸습니다

저 수많은 꿀벌들
오래 앓아온
독기 빠진 내 몸의 진액을 핥아 갑니다
양봉 치는 아저씨 살맛난다 합니다
온몸으로
견디기 힘들었던 외로움을 꽃그늘에 묻었습니다

내 자랑입니다

장마

편히 가세요
빗소리보다 더 큰 울부짖음

쓸쓸한 길 하나 내어가며
떠나는 영혼
세찬 빗줄기로 발목 잡아도
빗물보다 더 많은 눈물로 애통을 해도
젖은 몸 내던져 발버둥 쳐봐도
모든 것이 다 빗소리에
파묻히고 떠밀리고

올해도 어김없이 당신의 제삿날에
빗줄기는 쏟아져 내려
터질 것 같은 그리움 또 쓸려 보낸다

빗소리에 실려 보냈던 그 많은 시간 시간들
굴곡진 비탈길 보듬어
어렸던 당신의 딸 시집가 잘 살고

막둥이도 직장 생활 잘하고
가까이 살겠다던 약속도 잘 지키고 있는데

영혼을 만질 수 없는 이 안타까움
이제는 밝은 햇살로 비추어 주었으면

바다 맛

안면도 꽃지 해변에서
다슬기 한 컵을 샀습니다
꽁지 없애 먹기 좋다는 아저씨 말에
꾹꾹 눌러 담아 달라 했지요
발로 꾹꾹 밟아도 괜찮다고
여시를 좀 떨었지요
그 바람에 서너 개 더 얻었습니다

꽁지 쪽 빨면
짭조름한 바다 맛 따라옵니다
입맛으로 넘긴 국물 진국이지요
앞머리 쭉 빨면
살덩어리 딸려 나옵니다
근수 안 나가는 고기
목구멍이 허기진다 하지요
먹을 줄 몰라 안 먹는다는
남편 덕에
애들 마냥 신나게 먹어댔지요

솔직히 폼에 살다 죽는 남정네들
군침 여러 번 넘겼을 겁니다
한 컵에 이천 원입니다
같은 값인 민물 다슬기는
맛자랑에도 못 낍니다
택도 없지요

누구 바다 맛보러 같이 가실라우?

집들이

가난한 웃음
어깨 부딪히는
땟국물 흐르던 집 허물어지던 날
반듯한 새집 들어설 베란다가 소란스러워

화초들이 품었던 넓이만큼
길이를 재고
높이를 재고
톱질과 못질이 노래하고 춤을 추고
마른 손 비벼 향기 세우는 제라늄
장미봉오리 입꼬리도 추켜올려져
바람마저 훈풍 일어 재정비하고

육 층짜리 기다란 집이 세워진 저녁
명당자리 다툼에 눈들이 벌겋고
입주 못한 발목들 절룩이는데
온 자리 차지한 다육이 들만
환한 웃음 숨긴 채 다소곳하고

등을 보인 제라늄 어둠을 물어

알콩달콩 새끼나 많이 치라고
저녁별이 반짝거리며 집들이 왔네

9월

툭!
잘 여문 밤 한 톨이 숲을 깨웠다
청설모 한 마리
귀를 세워 두리번두리번
밤 한 톨을 숨긴 숲은 시침을 떼고

이곳저곳 헤집는 허리 굽힌 할머니
고것 참 실하네
할머니 입가에
손주 웃음 얹혀지고
밤 한 톨을 내준 숲은 입꼬리 올라가고

이리저리
숲의 그늘을 들추는
분주한 햇살

전쟁

호밋자루 힘 모아
움켜진 만큼

오롯한 소름으로
대응하는 실뿌리들
싱싱한 심장에 흙 한 줌 움켜
곤추세운 긴 뿌리엔
더 깊게 내리박아
호미 끝 다가섰다 물러서는
살벌한 땅속 전쟁

푸릇한 비린내 떠도는
좁혀지는 냉이 영토
패자와 승자도 없는
넓혀지는 황량한 들판
아낙네 등자락
봄볕에 익은 만큼

낮달

아버지
가쁜 숨 몰아쉬는
바닥 날 말씀
엄마 곁에 가까이 살라고
동생들 잘 돌봐 달라고

눈물범벅인 대답은
또 다른 생의 얼룩으로 점을 찍고
아버지의 시간은 조금씩 허물어져
새어드는 바람도
은행나무에 걸린 낮달도
흠칫 흠칫 훔쳐보는
밖의 남은 시간

달의 눈빛도 뿌옇게 잦아들고
왜 이리 시간이 잘 가냐며
낮달에 눈을 맞춘 아버지
다른 세계로 떠나셨다

번복하지 않으려는
울음을 내려놓고
삼 백여 리에 살고 있는 엄마
혼절하는 고통도 참아내던 동생들
간간이 전하는 안부가 대신하고
아직도 떠도는
그때의 낮달
사십여 년 전 대답을 조이고 있다

하루

헐렁하지 못한 시간이
오늘을 펼친다

검사하세요
입원하세요
금식입니다

꽃의 낯빛이 문턱을 넘고
침침한 눈으로
더 바짝 조일 수 없는
오후로 넘어간 사이
와락 끼어드는
총알 같은 목소리 또,
검사하고 오세요

뒷목 뻐근한 오늘의 흔적을
페이지 마다 그려놓고
천근같은 무게가

병실 유리창에 매달린 시간
검진 결과는 어떻게 나올는지
중심도 없이 흔들리는
작은 물음표 하나

흐릿한 조명등은 적막으로 앉아
이리저리 뒤척이던
다 읽히지 못한 몇 페이지가
느슨하게 덮여
뿌연 안개 속
어제 같은 오늘이 다시 또 그렇게 서 있고

푸른 숨

한 줌도 되지 않는 흙 속
푸른 숨 쉬고 있었다
서너 줄기 지켜낸
반쪽 햇살
허리춤에 매달린
이끼만 목마르다

여기저기 조잘대는 봄
바람 풀어 전해 들은
능선 쪽 소식
한 뼘의 그늘을 지우는
난 몇 촉

빈 하늘에 성큼 들이대는
잎, 잎, 잎,
가녀린 뿌리도
슬그머니 방향 돌리는

꽃대 하나 세우겠다는
숨겨진 다짐

그냥 있을게요

그냥 이렇게 있을게요
귀퉁이 자리 만족합니다

늘 입 벌리고 있을게요
목에까지 차올라
속 비울 때만 도와주세요

발로 차도 괜찮아요
화풀이 상대로 견딜게요
부서지지 않게만 다뤄주세요

몰골 추해져도 괜찮아요
운명이라 여길게요
당신의 첫사랑만 간직할게요

간 쓸개도 없는
쓰레기통의
아주 작은 바람입니다

가을 우체부

나에게 편지를 씁니다
언제 보낼지도 모를
언제 받을지도 모를
편지를 씁니다

할 말은 많은데 쓸 것은 없습니다
쓸 것도 없는데 할 말은 많습니다
불현듯
칭찬으로 전할 편지를
기쁨으로 받을 편지를 씁니다

헝클어진 머릿속 비워
텅 빈 가슴속 채워 봅니다
내가 발신자입니다
내가 수신자입니다

가을이 벌써 우체통을 뒤집니다

햇살과 그늘과 푸른 숨의 말

박 해 림

(시인 · 문학박사)

햇살과 그늘과 푸른 숨의 말

박 해 림

(시인 · 문학박사)

'햇살이 나무 아래 그늘로 앉는다. 헐거워진 몸이 기울어진
다. 움킨 것도 없는 손아귀. 둥근 모서리를 내민다. 첫걸음이다.
숨 한 번 크게 쉬어 본다'는 〈시인의 말〉을 읽는다. 함축된 시
인의 오랜 시간과 잘 여과된 일상의 리듬이 만져진다. 등단 10
여 년 만에 첫 시집을 상재한 시인은 이 시집을 통해 반복되는
일상생활이 빚어낸 순연한 질박함과 정서의 순환 과정을 여과
없이 보여준다. 한 발 두 발 조심조심 내딛는 발걸음은 낯설면
서도 익숙하다. 여린 듯하면서도 강인하다. 세상과 자연을 바
라보는 시선도 조심스러우면서도 예리하다. 무엇보다 이면에

만져지는 온기와 연민에 주목했는데 그것은 이 시집을 관통하는 큰 단서가 되었다. 지금까지 살아온 시간과 현재의 삶, 내일을 향해 쉬지 않고 달려가는 부지런함을 만나기도 하고 대상 하나하나를 곰살맞게 살피는 조심스러운 시선을 마주할 수 있었다. 몸에 밴 겸손함과 성찰의 익숙한 리듬에 몸을 맡기고 언제든 앞으로 달려갈 준비가 되어 있다는 것은 시인이 가진 장점 중에서도 큰 비중을 갖는다. 이러한 행보는 시인이 가진 특유의 세계인식이 작동할 때마다 조금씩 성장하며 보폭의 확장을 이룬다.

『둥근 모서리』의 시편 곳곳에서 '햇살과 그늘과 푸른 숨의 말'을 떠올렸는데 시인만이 가진 부드러움과 단단한 결이 만져진다. 가까이 더 가까이 시인의 속내를 확인한다. 익숙한 대상에 선뜻 다가서다가도 한발 물러서는 정적인 시간, 그 시간이 이끄는 방향으로 이동하는 시인의 일상은 사뭇 조심스럽다. 이러한 반복은 언제나 '나'로부터 촉발되나 대상이 먼저 손을 내밀기도 한다. 그때 시인은 기다렸다는 듯이 '나'로부터 굴절된, 경이로운 생명의 새로운 세계를 활짝 열어 보이는 것이다. 사람이든 자연이든 관계든 조건 없이 대상을 향해 달려가야만 비로소 내가 살아갈 이유가 만들어진다. 이렇듯 '나'의 행보는 늘 한 걸음 두 걸음으로 시작하지만 부지런한 시인의 시선은 언제든지 늘 어딘가로 이동할 준비가 되어 있다. 그곳이 어디든 따지지 않고 달려갈 준비가 되어 있는 것이다. 대상에 대한 무한

한 신뢰와 깊은 응시, 반복된 관찰만으로도 얼마든지 좋은 시를 빚어낼 수 있다는 것을 윤경자 시인은 이미 알고 있기 때문이다.

1. 햇살

반찬 투정 심한 남편과 사는
옆집 아낙과 엘리베이터 안에서 만났다

매일 어디를 나가세요?
남편이 반찬 투정이 심해서 배우러 가요
남편분 참 좋아하시겠네
요리 학원이 아니고……
그럼 어디?
유도 배우러!

아파트 담장 옆
빈 접시들
우루루 피었다

— 「접시꽃」 전문

꽃을 소재로 시를 쓴다는 것은 얼핏 쉬운 듯 보이지만 그렇지 않다는 것을 많은 시인은 알고 있다. 보이는 것이 다가 아니기 때문이다. 뻔한 이미지로 다가오기도 하고 뻔한 스토리를 입을 수 있다는 함정을 안다. 그래서 생각보다 쓰기 쉽지 않다. 그 이면에 드리운 삶의 이야기가 어떻게 보면 뻔할 수 있고 한 편으로는 가슴을 절절히 울릴 수도 있지만 그 깊이를 채운다는 것은 쉽지 않다. 시 「접시꽃」은 이러한 함정을 피할 뿐 아니라 은유의 확장을 이루고 상상의 근간을 채우며 재치와 유머를 활용해 깔끔하게 잘 버무려낸다. 평범한 일상을 살아가고 있는 시적 대상인 옆집 아낙은 늘 우리와 함께 있다. 시적 자아는 이 부분을 놓치지 않는다. 특정 상황을 자연스럽게 끌어당긴다. '매일 어디를 나가세요?' 인사하고 옆집 아낙은 '남편이 반찬 투정이 심해서 배우러 가요'를 기다렸다는 듯 순순히 아무렇지 않게 쿨하게 대답한다. 이 시의 재치와 반전은 그다음이다. 시적 자아의 관심은 응당 그러려니 하는 것이었을 테다. 그러나 반전은 늘 그렇듯 우리를 뒤집게 한다. '요리 학원이 아니고……' 할 때 동공이 커지고 다음 순간, 뭐지? 의아할 틈도 없이 좁은 공간을 밀어부친다. '유도 배우러!'라는 절묘한 한판 엎어치기를 한다. 이 시가 주는 압권은 바로 이 부분이다. 시를 읽어내리면서 예기치 않은 반전을 기대했으나 곧장 독자를 상상의 세계로 진입하게 한다. 특히 셋째 연의 '아파트 담장 옆/ 빈 접시들/ 우루루 피었습니다'를 읽으면서 꽃을 소재로 시를 쓴다는 것의 아슬함을 발견한다. 잘못하면 뻔한 이미지와 뻔한 내용으로 가기 쉽기 때문이다. 하지만 시인의 시선과 감각은 예리하다. 뻔한 것을 뻔하지 않게 순간 포착을 해낸다. 나를 넘어서 독자에게 확 던져버리는 재치를 부린다. 서늘한 웃음을 넘어선 삶의 질펀한 해학의 무게에 눌린 '접시꽃'은 여름날 우리 주변에서 널리 피는 꽃으로 '아파트 담장 옆'이 아니라 우리의 안방까지 들어와 '우루루' 피는 것이다. 어디서나 흔한 접시꽃이 일상에서 차지하는 무게가 결코 가볍지 않다.

당신은 어김없이 왔다

한순간도 아니라고
말한 적 없는데
겨울이 깊어지면
여름이 오리라는
정해진 시간 끌어당겼다

내 몫이 아니었다고
당신이 헤아릴 고열의 다툼
더욱 어두워지는 깊이
불어주는 바람 속에
매달리지 못한 그림자 비켜 서 있다

저 투명한 아픔 올려다본다

어디선가 날아온
새의 날갯짓

울음도 주홍빛이다

　　　　　　—「능소화」 전문

시 「능소화」는 한여름의 꽃이다. 「접시꽃」도 여름꽃이지
만 접시꽃 다음으로 여름날을 기점으로 가을까지 절정을 이룬
다. 과거엔 주로 남부지방에서 번성했으나 지금은 전국 어디서
나 볼 수 있는 아름다운 꽃이다. 꽃색은 주로 주황색이지만 대
체로 노란빛이 많이 들어간 붉은 빛으로 화려하면서도 정갈
한 느낌을 주는 꽃이면서 동백꽃처럼 통째로 떨어지는 특성이
있다. 바닥에 떨어진 수명을 다한 통꽃을 사람들은 그냥 밟으
려 하지 않는다. 아니, 밟지 않으려고 조심조심 발걸음을 딛기
도 한다. 시인의 감성은 이 아름다운 능소화를 소재로 바닷가
의 여자를 불러온다. '당신은 어김없이 왔다'로 시작되는 도입
부의 분위기를 보면 이 시 역시 예사롭지 않은 사연을 품고 있
음을 알 수 있다. 해마다 어김없이 내 앞의 시간에 당도한 '능
소화'는 사실 어느 계절에 머물러 있지 않음을 시인은 보았다.

'한순간도 아니라고/ 말한 적 없는데/ 겨울이 깊어지면/ 여름이 오리라는/ 정해진 시간 끌어당' 기는 꽃이다. 내 앞에 당도한 시간을 확인시켜주는 꽃인 것이다. 열정과 혼융의 시간이 '내 몫이 아니었다고/ 당신이 헤아릴 고열의 다툼' 은 끝도 없다. 그 안에 내재한 '바람'은 쉴 새 없이 불어오고 어둠은 더욱 깊어진다. '매달리지 못한 그림자'를 마주한 시인은 이제 '투명한 아픔 올려다보'면서 귀를 활짝 연다. 그것은 시적 자아의 속울음을 말해주기도 한다. 내 앞에 마주한 투영된 또 다른 자아일 수 있다. 대상에 침투한 정서는 누구든 그 자신을 마주하기 마련이다.

2. 그늘

저 먼 곳의 비린내를 몰고 와
시장 골목에 풀어 놓는 여자
오늘도 멸치 한 됫박에
오천 원
작은 됫박 새우도
오천 원이라고 크게 외친다

그녀가 퍼주는 멸치

손이 저울이다
뒷박이 눈금이다
덤으로 더 얹어 주겠다는
멸치 서너 마리
후덕한 손에서 잡혔다 풀려난다
싱거웠던 골목이 간간해지는 순간이다
새우등 더 바짝 굽어지는 순간이다
이리저리 떠밀리는 발길들
순간의 결정이 비린내로 채워지고

여기저기 셔터가 내려진다
골목마다 풀었던 바다 냄새
썰물처럼 빠져나간다
온종일 외쳤던 여자의 몸도
간간하게 절여져 있다

— 「바다를 끌고 온 여자」 전문

하루하루 생계를 위해 살아가는 이 땅의 많은 서민은 살터에
따라 시장 바닥에 내어다 파는 물품의 종류가 다르다. 농촌이
면 대부분 농산물일 테지만 어촌이면 당연히 해물들이 그 대상
이다. 서해의 어느 바닷가로 짐작되는 「바다를 끌고 온 여자」

는 어촌에서의 시간이 '저 먼 곳의 비린내를 몰고' 오면서 열린
다. 그 비린내의 정체는 어물이다. '오늘도 멸치 한 됫박에/ 오
천 원'이라고 소리치며 멸치를 풀어놓는 여자의 하루는 늘 비
린내와 함께다. 한 손엔 덤을, 목청은 호객행위를 한다. 호객으
로 시작하는 여자의 손은 정확하게 저울이지만 늘 더 얹어 주
고야 말겠다는 결의에 찬 자세를 취하고 있다. 당찬 긍정의, 삶
의 건강성이 이 작품의 핵심이며 대부분을 채운다. 고달픈 삶
을 연민으로 읽어내기엔 너무도 역동적인 장면이 연상된다. 사
고팔기 위해 북적이는 '이리저리 떠밀리는 발길들'은 항상 선
택을 망설이지만 종당에는 흥정에 이끌리기도 하고 모른 척 밀
어내기도 하는 것이다. 선택과 선택의 사이를 '비린내'가 채우
는 시장 골목의 질펀한 삶의 현장은 늘 번뜩이는 경쟁의 현실
이며 우리가 반드시 살아야 할 가장 치열한 삶의 공간일 수밖
에 없다는 것을 시인은 단단하게 인식하고 있다.

오전 9시
서너 평의 가게 문이 열렸다
그녀는 오늘도 서두르지 않는다
오래된 가위 하나로
종일 잘려나갈 시간들

삼 남매의 대학 등록금

밀린 월세
드라이어로 세차게 날린다
손 마를 새 없이 파마를 말아준다
틈틈이 염색하며 머리도 감긴다
무얼 잊고 살았는지도 모를
때 놓친 점심은 멀어지고
아무도 재촉하지 않는 시간에
모발 영양제 듬뿍 찍어 바른다
'언니 우리 남편, 승진했어'
푸석거리는 마음을 천천히 중화시켜 놓고

잘려나간 시간들 수북이 쌓여
자꾸 안을 들여다보는 어둠
오후 9시 30분
그녀의 더딘 시간이
아직도 간판에 걸쳐 있다

— 「미용실 여자」 전문

시 「미용실 여자」 역시 그러하다. '오전 9시/ 서너 평의 가게
문이 열렸다/ 그녀는 오늘도 서두르지 않는다/ 오래된 가위 하
나로/ 종일 잘려나갈 시간들'을 통해 하루하루를 살아내어야

한다. 앞의 시 「바다를 끌고 온 여자」와 동일한 선상에 있다. 멸치를 팔고 있는 한 억척스러운 여인을 소재로 쓴 '시장 골목'과 멸치를 팔고 있는 '시장 골목'과 다를 바 없다. '삼 남매의 대학 등록금/ 밀린 월세', '때 놓친 점심'이라는 구체성을 띤 표현이 더 핍진한 현실을 확인하게 할 뿐이다. '언니 우리 남편, 승진했어'라는 단골손님의 희소식은 '잘려나간 시간들 수북이 쌓여' '자꾸 안을 들여다보는 어둠'만 확인하게 하는 단초가 된다. 그리하여 일차 대상인 미용실 여자와 남편의 승진으로 자신에게 밀어닥친 행운의 파도에 우쭐한 손님의 관계도가 만들어지고 시적 자아의 현실에 이입하게 한다. 미용실에서 벌어진 눈앞이 상황에서 삶의 양가성을 감지한 시인의 예리함은 박탈감과 힘겨움의 연속을 단지 감지할 뿐만 아니라 그 힘겨움의 순간이 '오후 9시 30분'까지 이어진다는 것이 더욱 힘겨운 시간이 된다. 세밀히 들여다볼 수밖에 없는 눈앞의 상황은 곧 자신의 현실이 된 듯 멈칫멈칫 밀려드는 연민을 모른척할 수 없기 때문이다. 오직 먹고 살기 위해 열심히 살아가고 있는 '미용실 여자'는 친근한 우리의 이웃이다. 어디서나 만날 수 있는 대상일 뿐이다. 그러나 시인은 그녀의 일거수일투족에 시선을 떼지 못한다. 그것은 눈앞의 상황을 예사롭게 놓아버릴 수 없는 시인의 타고난 성정이랄 수 있으며 이 순간 미용실 여자에 투영된 핍진한 현실의 조건반사의 기호로 작동하고 있다는 것을 파악할 수 있다.

3. 푸른 숨

메마른 혈관에
링거를 꽂았네

툭툭 불거진 혈관 따라
푸른 피 돌고 도네

관절 마디가 벌어지네
무릎뼈가 주욱 펴지네

땅끝까지 퍼진 피
산 것들 눈앞이 환해지네

언 땅에 고여 있는
저 용기 있는 봄소식

— 「봄비 · 1」 전문

그대 오던 날
애를 가졌네

햇살 좋은 날
몸 풀 것이네

생명의 소리
온 땅 가득하겠네

— 「봄비·2」 전문

언 땅이 풀리며 초록의 싹이 돋아나는 봄은 환희의 연속이
다. 춥고 단단한, 꽁꽁 얼어붙은 결빙의 시간은 봄 햇살 한 줄
기만으로도 너끈히 모든 닫힌 것들의 무장해제를 가져온다. 스
르르 풀리는 여린 끈 하나로도 언 시간을 풀어내기에 충분하
다. 그 햇살의 다른 이름인 '봄비'라면 더욱 강한 힘의 속살
이 만져진다. 속속들이 꽁꽁 닫힌 문들을 단숨에 풀어 내버린
다. 윤경자 시인의 강점과 장점은 같은 듯하지만 이렇듯 다르
다. 또 한편으론 다른 듯하면서도 동질성을 갖고 있음도 알 수
있다. 봄비이면서 봄 햇살 같은, 결이 다르면서 같은 속살을 가
진 강한 이미지의 부드러움은 두 편의 짧은 시 '봄비'를 통해
충분히 토해놓았다. 「봄비·1」에서 '메마른 혈관에/ 링거를 꽂
았네// 툭툭 불거진 혈관 따라/ 푸른 피 돌고 도네'의 전반부를
관통한 봄비의 강인한 에너지는 '관절 마디가 벌어지네/ 무릎
뼈가 주욱 펴지네'를 통해 얼어붙은 세상의 관절 마디를 풀어

내어 그 뒤를 받쳐주는 부드러운 힘을 작동시키고 있다면 「봄비·2」에서는 상승의 기운을 전지구적으로 작동시키며 끌어올리고 있다. '그대 오던 날/ 애를 가졌네// 햇살 좋은 날/ 몸 풀것이네// 생명의 소리/ 온 땅 가득하겠네'의 충만한 축복의 시간과 상황 그리고 상승의 결과를 한꺼번에 이루어낼 축복의 시간이 예정되어 있음을 파악할 수 있다. 행복한 순간의 연속선상을 한꺼번에 이루어낼 시인의 여리면서 강인한 시 정신을 이두 편의 시에서 확인할 수 있는 것이다.

한 줌도 되지 않는 흙 속
푸른 숨 쉬고 있었다
서너 줄기 지켜낸
반쪽 햇살
허리춤에 매달린
이끼만 목마르다

여기저기 조잘대는 봄
바람 풀어 전해 들은
능선 쪽 소식
한 뼘의 그늘을 지우는
난 몇 촉

빈 하늘에 성큼 들이대는
잎, 잎, 잎,
가녀린 뿌리도
슬그머니 방향 돌리는

꽃대 하나 세우겠다는
숨겨진 다짐

—「푸른 숨」 전문

　시인의 옹골진 결기는 단지 모진 혹한의 겨울을 이겨낸 것에
만 있지 않다. 여리고 부드러운 것이 딱딱하고 모난 여정을 풀
어내는 것이라는 것은 알고 있지만 한발 더 나아가 '한 줌도
되지 않는 흙 속'에도 있다는 것을 파악해 낸다. 목마른 시간
을 지나 지금 여기의 시간에 당도한 삶의 현장은 늘 '반쪽 햇
살'일지라도 '여기저기 조잘대는 봄'을 만난다. '난 몇 촉'으
로도 '한 뼘의 그늘'을 너끈히 지우는 것을 알고 있고, '빈 하
늘'에 돌진하는 강인한 생명의 힘을 발견한다. '꽃대 하나 세
우겠다는 숨겨진 다짐'을 하고야 마는 시인의 섬세한 눈을 발
견하는 것이다. '당신께 못한/ 긴 말씀으로 피었습니다/ 감추어
두었던/ 밀어가 향기로 일어섭니다/ 목 짧은 햇살도/ 흠흠 대
는 오후입니다// 왜 그렇게 급히 가셨는지요/ 묻지도 못한 말

은 /가지 끝에 걸겠습니다'(「벚꽃·1」)에서는 식구를 떠나보낸 상실의 아픔을 보여주는 이 시 역시 '꽃'의 시이다. '벚꽃에 입혀진 삶의 처연한 이야기는 분명 누구에게나 있는 현실이다. 시인은 시의 도입부에서부터 쭉 단숨에 훑어내린 꽃의 여정을 통해 파악되는 상황을 보여주며 시인의 현실에 밀착된 푸른 숨의 한 결을 만날 수 있게 한다. '잔바람이 서둘러/ 말들을 솎아냅니다/ 다 끝내지 못한/ 싱싱한 말들이/ 마침표를 쥐었다 놉니다'로 귀결되면서 처연한 낙화의 뒷모습을 통해 자신을 돌이켜 세우는 에너지를 보여주고 확인하게 한다. '펑/ 펑/ 펑/ 펑튀기 할아범/ 수억 벌겠다'(「벚꽃·1」)를 보면 동일한 소재인 '벚꽃'에서 현실의 삶을 일으켜 세우는 최상의 긍정의 힘을 찾아내는 것을 봐도 그렇다.

4. 그리고 이어지는 푸른 시간

소나무 우거진 산동네
곁살이로 사는 것도 축복입니다
내 안의 이는 바람으로 위안을 삼고
하루하루 버텨가는 묵언의 이 삶이 수행일까요
내 안의 품은 독이 가시로 세워졌나요

내 몸에서 갈라져 나온 질문들을 삭히는 동안
점점 순해지는 이 마음
꽃망울 하얗게 터졌습니다
견디지 못할 것 같았던 내 안의 아픔
향기로 온 동네 휘감아 버렸습니다

저 수많은 꿀벌들
오래 앓아온
독기 빠진 내 몸의 진액을 핥아 갑니다
양봉 치는 아저씨 살맛난다 합니다
온몸으로
견디기 힘들었던 외로움을 꽃그늘에 묻었습니다
내 자랑입니다

— 「아카시아」 전문

그냥 이렇게 있을게요
귀퉁이 자리 만족합니다

늘 입 벌리고 있을게요
목에까지 차올라
속 비울 때만 도와주세요

발로 차도 괜찮아요
화풀이 상대로 견딜게요
부서지지 않게만 다뤄주세요

몰골 추해져도 괜찮아요
운명이라 여길게요
당신의 첫사랑만 간직할게요

간 쓸개도 없는
쓰레기통의
아주 작은 바람입니다

―「그냥 있을게요」 전문

　다양한 시편을 통해 만난 시인의 시간은 힘차게 날아오르는 한순간을 위해 온몸의, 온정신의 에너지를 오랫동안 집약시킨 고치를 연상하게 하거나 심해에서 숨을 참고 또 고르는 포유류의 거대한 고래와도 같은 강인한 생명체를 만나게 한다. '나는 누구인가?' 생명체라면 시작부터 생을 마칠 때까지 이 질문에 자유로울 수 없다. 물론 사람에 한해서이겠지만 대상에게 더 구체적으로 이입하는 이 물음의 강한 의문은 시인에게는 그것이 식물이든 동물이든 크게 관여치 않는 것을 본다. 현실에 밀착된 시적 소재를 통해 리얼리티를 끌어내고 좌절과 상실, 아픔과 이별, 하강과 상승의 곡선을 타고 내 삶의 주변을 끊임없이 살핀다. 함께 살아내어야 할 공통분모를 찾아 손을 내미는 한없이 부드러우면서도 강인한 시인의 힘은 어디서 나오는 걸까. 아마도 그것은 타고난 연민과 현실을 직시하는 힘과 직관, 자족, 그리고 타고난 겸손에 있는 것은 아닐까 생각해본다.

'그 집에 가면 늘 닫혀 있었다// 남편과 사별로 마음 닫고/ 빛도 없는 그늘이 창문 닫아/ 아무것도 할 수 없는 세상이/ 생각도 없는 그림자 속에 있었다'를 들여다보면 이웃일 수 있고 '나'일 수도 있는 공통의 상황을 펼쳐놓고 의도적 '갇힘'의 상황을 의도적 '열림'의 상황으로 반전을 시키는 역동의 세계를 이행하는 에너지는 늘 작동한다. '마음을 열었다/ 커튼을 걷었다/ 세상이 보였다// 햇살이 바람을 끌고 들어온다/ 삼 년 만이다'(「커튼」일부)를 읽으면서 '나'와 '우리'라는 공통의 과제이면서 피할 수 없는 삶의 현장을 부드러우면서 강인하게 펼쳐낸다. '닫힘'을 '열림'으로 변환시키는 힘은 쉬운 듯하지만 결코 쉽지 않을 것이다. 한편으로는 어려울 것 같으나 단숨에 이루어낼 수 있는 우리의 선택일 수 있다. 행간의 보폭이 깊어 결코 편안하게 읽을 수 없는 한 편의 시를 통해서 '나'는 그대로 주저앉지 않고 얼마든지 다른 선택을 할 수 있다는 것을 이 시는 보여주고 있다.

시 「아카시아」를 통해 보여준 삶의 현장은 시인이 가진 가

장 큰 강점인 긍정의 시선을 확인하게 한다. '소나무 우거진 산
동네/ 곁살이로 사는 것도 축복입니다/ 내 안의 이는 바람으
로 위안을 삼고/ 하루하루 버텨가는 묵언의 이 삶이 수행일까
요/ 내 안의 품은 독이 가시로 세워졌나요' 라는 긍정과 반문의
반복은 곧 자신의 삶을 사랑하는 사람에게서만 얻을 수 있다.
'견디지 못할 것 같은 내 안의 아픔/ 향기로 온 동네 휘감아버
렸습니다' 라고 서둘러 봉합하면서도 내려놓을 수 없는 긍정의
힘과 삶의 건강성은 '저 수많은 꿀벌들/ 오래 앓아온/ 독기 빠
진 내 몸의 진액을 핥아' 갔기에 가능하다. '견디기 힘들었던 외
로움을 꽃그늘에 묻' 을 수밖에 없음을 자인하고 있을 뿐만 아
니라 '내 자랑입니다' 라고 맺을 수 있다는 자신감마저 내보인
다. 결코 허언일 수 없는 삶의 고귀한 결론의 이행과정을 고스
란히 보여주고 있어 참 좋다.

시 「그냥 있을게요」는 고목이 된 한 그루의 느티나무를 연상
케 한다. 생명의 첫 시작부터 중심이지 않을 세상의 모든 나무
처럼 내가 서 있는 자리가 세상의 중심이 될 수밖에 없는 사람
이 세상 그 자체인 것처럼 시인의 강인함과 삶의 건강성을 만
날 수 있다. 내가 서 있는 자리 '그냥 있을게요' 라는 짧고 간결
한 소망은 누구의 것도 아닌 오직 시인의 것이다. 하지만 그것
은 '속 비울 때만 도와주세요' 라는 적극적인 구원의 요청을 숨
기지 않고 보여줌으로써 더욱 건강하고 강인한 삶을 드러낸다.
'발로 차도 괜찮아요/ 화풀이 상대로 견딜게요/ 부서지지 않게

만 다뤄주세요…간 쓸개도 없는/ 쓰레기통의/ 아주 작은 바람입니다' 라고 단언하는 시인의 결기와 고백은 시를 읽는 독자에게 고스란히 이입된다. 쓰레기통이라는 단서 조항을 달았으나 누구에게나 가능한 이야기일 것이다. 관심을 가지고 대상을 깊이 들여다보는 순간 그것은 내 안으로 들어오게 된다. 이러한 시인의 운명은 곧 독자에게 이입되며 대상이 '자아'와 환치되면서 겸손의 미덕을 최상의 순간으로 끌어올리는 것을 공유하게 하는 힘을 보여주는 것이다.

윤경자 시인의 시편을 통해 만날 수 있는 큰 미덕은 순연하면서도 강인한, 강인하면서도 풋풋한, 눈앞의 현실을 회피하거나 포장하지 않고 직시하며 '내 안의 나'를 적극적으로 끌어안고 만나는 데 있다. '햇살과 그늘, 푸른 숨, 그리고 이어지는 푸른 시간'으로 이어진 첫 시집의 의의를 함께 공유할 수 있게 한 것은 큰 소득이다.

시인에게 주어진 햇살은 지금의 것이면서 지난 시간의 것이고 더불어 미래의 것이다. 그 누구의 것이면서 오직 내 것이라는 것을 가감 없이 드러내는 힘을 가졌다기에 더욱 큰 의의를 갖는다 하겠다.

시와소금 시인선 131

둥근 모서리

ⓒ윤경자, 2021, printed in Seoul, Korea

초판 1쇄 인쇄 2021년 07월 26일
초판 1쇄 발행 2021년 07월 30일

지은이 윤경자
펴낸이 임세한
디자인 유재미 정지은
펴낸곳 시와소금
등록번호 제424호
등록일자 2014년 01월 28일
발행 강원도 춘천시 충혼길20번길 4, 1층 (우-24436)
편집 서울특별시 중구 퇴계로50길 43-7 (우-04618)
전화 (033)251-1195, 010-5211-1195
이메일 sisogum@hanmail.net
다음카페 hppt://cafe.daum.net/poemundertree

ISBN 979-11-6325-033-3   03810
값 10,000원

· 이 시집은 충청북도 충북문화재단 문화예술육성지원사업 지원금으로 발간하였습니다.